Carnets

Collection dirigée par
Alain Veinstein

Valerio ADAMI
Les règles du montage

Philippe SOLLERS
Carnet de nuit

Pierre RIBOULET
Naissance d'un hôpital

Marc LE BOT
Une blessure au pied d'Œdipe

Jean CLAIR
Le voyageur égoïste

Marcelin PLEYNET
Le jour et l'heure

Roger LAPORTE
Lettre à personne

Yves BONNEFOY
Sur un sculpteur et des peintres

Pierre-Jean REMY
Bastille : rêver un Opéra

Eduardo ARROYO
Sardines à l'huile

Patrick MAURIÈS
Lieux parallèles

Michel BUTOR
Au jour le jour

Paul BOWLES
Journal tangérois

Henri THOMAS
Compté, pesé, divisé

l'Oranger des Osages

Du même auteur

Aux Éditions du Seuil

La Pierre et le Seigle, 1977. Préface d'Emmanuel Le Roy Ladurie.

Aux Éditions de la Galerie Beaubourg
(Marianne et Pierre Nahon)

Ma botanique, 1982.
Chronologie de mon dessin, 1984.
Le Parnasse de Bernard Dufour, 1987.

Aux Éditions Christian Bourgois

Le Narraté libérateur, n° 1, 1976.

Bernard Dufour

l'Oranger des Osages

Plon

ISBN 2-259-02313-4

Préface

Le fond de ce livre bref, abrupt et non littéraire (au sens actuel à Paris du mot littérature), est fait de ces carnets mentaux que sont les souvenirs et leur reconstruction au fur et à mesure.

Outre le récit de quelques épisodes connexes, avant et après, le récit essentiel est celui de ces années qui, de la fin de mon adolescence d'élève de grande école scientifique au début de ma vie d'homme et de peintre, furent le temps de la Seconde Guerre mondiale, du 2 septembre 1939 au 8 mai 1945. Comme pour chaque homme qui vécut ces années-là, elles signifièrent pour moi à la fois une rupture catastrophique et un enfermement redoutable, mais elles me firent naître.

Ce livre est un livre de culpabilité.

Coupable... sous la pression de la Police et de la Justice, six mois durant, après le suicide de Anne, ma femme.

Coupable... sous la pression de la Société, quarante années durant, après mon travail dans les usines de guerre allemandes.

Ce livre parle aussi de la tentation et de la poursuite du plaisir.

1

Ainsi j'ai travaillé en Allemagne sous l'empire de la loi sur des machines de l'industrie de guerre, dans une guerre que j'aurais dû subir et mener de l'autre côté. Je n'étais pas entré dans la Résistance. J'aurais pu, j'aurais dû y entrer, je ne l'ai pas fait, peut-être simplement parce j'ai eu peur devant la violence d'un engagement volontaire dans des actions armées, auxquelles rien ne m'a contraint, auxquelles rien dans ma nature ne m'a porté. Aucun militantisme, aucun mot d'ordre ne m'a convaincu ni mobilisé ni séduit... J'ai toujours tenté d'être à côté... J'y ai réussi. J'ai été témoin, témoin de la démence, témoin de l'écroulement de l'Europe, témoin du fanatisme, et j'ai été témoin de deux cadavres.

Le vendredi 8 juillet 1988, le mur pignon est couvert de corps de femme le sexe tranché par le rebord du tableau. Dans le grand atelier du Pradié, Philippe, mon fils, m'installe pour me vidéoter en gros plan devant une femme nue, grise, debout, de dos, qui s'en va, et les pieds jaunes apparaîtront seuls derrière mon visage de face. Préparatifs. Quand je dirai top, tu compteras cinq secondes et tu abaisseras la reproduction de ton autoportrait de 1962, qui actuellement masque ton visage. Philippe dit top. Je compte cinq secondes. J'abaisse l'autoportrait.

Après le suicide de Anne, ma femme, le samedi 16 mai 1953 vers 11 heures, d'un coup de pistolet 22 Long Rifle, il y eut plainte contre X, puisque aussitôt je dus rester en France à la disposition de la Justice et de la Police. Après avoir été interrogé par des inspecteurs de police, je cherche à savoir ce que signifie « plainte contre X ». Le père d'un ami peintre est bâtonnier de l'Ordre. Je vais le voir. A peine entré dans son bureau, à son domicile, il me déclare, vous êtes auprès d'un avocat, vous pouvez parler librement, sans crainte, protégé par le secret professionnel. Ce préambule m'étourdit. Qu'ai-je donc à lui révéler ? Abasourdi, je ne comprends et ne retiens plus un seul mot de ce qu'il me dira, sinon qu'il me parle de vacances judiciaires.

Je devrai donc attendre, suspendu, plusieurs mois. Attendre quoi ? A l'automne, je suis convoqué au Palais de Justice par un juge d'instruction dont j'ai oublié le nom. Pérès ? Lattès ? Je l'avais pourtant retenu, un certain temps. Un ami de Anne (et de moi), l'avocat Jacques Gambier de la Forterie, désire m'accompagner. Auprès de lui, dans l'antichambre du juge, au Palais, je suis pris d'éclats de rire convulsifs. Puis, introduits dans son cabinet, le juge d'instruction me signifie que je « bénéficie d'un non-lieu ». Ensuite, le même jour ou un autre jour, je devrai monter tout en haut du Palais de Justice, où est installé, sous les combles, un vaste magasin : de longs comptoirs de chêne ciré devant des casiers-étagères fixés au murs, où sont rangés en bon ordre des paquets ficelés et numérotés. Après avoir fouillé leurs registres et établi la concordance entre mon identité et un des numéros, les employés, un homme boiteux et une femme, en blouse grise, me remettent un de ces paquets contenant les « effets personnels » de Anne, ses vêtements, son alliance, une bague, son linge de femme. Fracassée par elle-même, ouverte par les autopsieurs, ensevelie nue. Les employés me proposent un second paquet, petit, celui de « l'arme ». Je la refuse. De mai à octobre, je me suis cru coupable et certains ont pensé que j'étais coupable. Quelle différence entre être coupable et se vivre coupable sinon la peine, sinon le non-lieu. J'ai passé une partie de l'été 1953, cet été de culpabilisation et donc de culpabilité, avec Robbe-Grillet chez lui à Kéridenvel sur la presqu'île de Quiberon. La culpabilité est-elle la même, qu'elle soit celle du coupable ou qu'elle soit celle de celui qui s'imagine-coupable ou se-sent-coupable ou se-veut-coupable ou se-plaît-ainsi-coupable ?

2

Face à Anne, coupable de quoi ? Aux yeux de la Police de l'avoir tuée, et aux miens de ne pas avoir su ou voulu ou pu percer le béton du bunker où elle s'enfermait peu à peu et dont elle referma la porte d'acier dans la nuit du 15 au 16 mai 1953 ?

J'avais rencontré Anne-Marie de Framond en août 1948 à Cagnes-sur-Mer, où je passais l'été avec ma sœur et Jean-Michel Belluc dans une haute maison sur la place du Château. Dans l'angle opposé, la terrasse du Jimmy's Bar, où avec des jeunes femmes et les peintres Rezvani et Dmitrienko elle débarque un soir. Nous dansons sur *la Vie en rose*. Elle reste avec moi. Nous revenons à

Paris à mon atelier au 7 de la rue de la Grande-Chaumière. Je suis peintre, mais j'ai un job d'ingénieur à Gaz de France. Quand je rentrerai le premier soir je la trouve blessée : elle s'était entaillée profondément en nettoyant une porcelaine qu'elle avait brisée. Nous nous marions en novembre. Nous vivons ensemble cinq années. Dès que nous le pouvons, nous allons passer quelques jours ou quelque temps dans l'une des maisons de sa famille : Montéléger, le Verdal, Saint-Paul-Trois-Châteaux, Clairfond, immenses maisons délabrées et usées comme ces vieilles familles si anciennes qu'elles ne peuvent se survivre à elles-mêmes qu'en abandonnant et leurs maisons et leurs coutumes, pour devenir ce qu'est tout un chacun, ni plus ni moins. Seules subsistent les maisons, de tant de grandeur et de tant de folie. Le lundi 25 septembre 1989, rentrant en voiture de l'île de Ré au Pradié, je cherche, vers 17 heures, après Moissac, Clairfond. L'échangeur autoroutier de Castelsarrasin a, de fond en comble, intégralement, annihilé l'immense maison. Seul subsiste, comme une lettre morte, un cèdre, dont je n'avais aucun souvenir.

Nous étions à Clairfond à Pâques 1953. Depuis la guerre la vaste maison était restée vide. Elle avait été occupée par des troupes allemandes. J'y trouve partout des cartes postales, vierges. Je les ramasse et les brûle toutes, et aujourd'hui je regrette de n'en avoir pas gardé une. Elles ont — il y en a des dizaines et des dizaines — un unique sujet : quelques *Panzergrenadiere*, les fantassins d'accompagnement de chars de la division blindée SS Das Reich, progressent à pied dans un champ de maïs au bord de la Volga. De Clairfond, sur les rives de la Garonne, ils remonteront à Oradour-sur-Glane. Pendant des jours, nous avons nettoyé et réaménagé toute la maison.

J'ai fait des photos de Anne et de la chienne Arnica, au bord de l'étang, sous les grands arbres. Sur les photos, développées après sa mort, elle apparaît floue et sans vie. Quand André Breton est venu au Pradié le 15 août 1966, je l'ai photographié à son départ de la maison. Sur la photo, aussi développée et agrandie après sa mort en septembre 1966, il est apparu avec loin derrière lui un orme, un de ces ormes que les paysans taillent chaque automne de toutes leurs branches feuillues pour nourrir les lapins et les chèvres, gardant une seule branche en tête : le tire-sève, afin que l'arbre ne meure pas et faisant ainsi ressembler ces arbres mutilés à de grands bras dressés, le poing fermé et l'index tendu vers le ciel. Un tel arbre, comme la Main de Dieu le rappelant, sommait André Breton. Je regarde rarement une photo sans craindre de la voir se métamorphoser en lame de tarot ou, pour ne pas parler le langage de la superstition, je lie toujours la photographie à la mort.

Les grands arbres de l'étang de Clairfond étaient comme au Pradié, le long du ruisseau, des ormes. L'orme est le seul arbre de grande taille, le seul arbre majeur, trente mètres, des terres calcaires. Il y développe une très puissante ramure désordonnée et contournée. Son tronc est énorme. Il fleurit au printemps, avant les feuilles, et se couvre, par myriades, de petits bouquets de minuscules fleurs garance, auxquelles succéderont de petites graines à deux ailes vert pâle, que les écureuils viennent dévorer, si fiévreusement qu'ils dégringolent pour se rattraper plus bas tant les ramifications sont denses. Quand de grosses branches meurent, les piverts y creusent aussitôt des poches où ils nicheront, puis, d'année en année, y habiteront des sitelles en rétrécissant avec de la boue et de la mousse le trou d'ouverture, des chouettes en agrandissant ce trou, des frelons en rétrécissant le trou d'accès à leur taille minuscule avec ce papier-carton qu'ils bavent.

Les ormes meurent d'une maladie, la graphiose, qu'ils traînent depuis les années 20 et qui actuellement les tue. Ils s'épuisent, la sève ne montant plus à la cime, les canaux à sève bouchés et peu à peu toute végétation s'éteint. L'écorce tombe par plaques, les troncs se dressent nus et quand les arbres sont jeunes, les branches minces, rectilignes se resserrent les unes sur les autres et s'enchevêtrent. J'ai fait abattre tous mes ormes morts. A ce printemps, trois gros et longs troncs étaient encore allongés dans l'herbe verte, près de la route. Les scieurs de long viennent les chercher avec une petite grue.

Martine ne comprend pas de quoi il s'agit et me crie à travers le jardin pour savoir. Je hurle, ils viennent chercher les ormes morts. Elle comprend, ils viennent chercher les hommes morts. J'en fais des poutres, des planches pour des bibliothèques, du bois de chauffage et je ne sais plus où l'empiler. J'en ai un tas considérable dans l'atelier. Je le brûle l'hiver, je le tronçonne, le fends et j'en garde les plus beaux éclats, ocre et rougeâtre, qui remplissent peu à peu, alignés comme des livres, une longue étagère de l'atelier. *Ulmus campestris.*

Quand un pivert trouvait au sommet d'un de ces grands arbres desséchés une branche dressée, dure et verticale, il s'y accrochait solidement et de son bec si fort, si percutant, il la tambourinait. La branche mince de bois sec et dur entrait en résonance et ce rythme nègre sonnait au printemps en appel d'amour. Le pivert est le seul oiseau qui joue d'un instrument.

3

Denis cet été est venu au Pradié. En 1972, nous y avions imprimé en sérigraphie *l'Éloge de la véhémence*, dans le grenier où, accrochées par centaines avec une pince à linge à des fils de fer tendus de poutre en poutre, les feuilles imprimées séchaient vite car il faisait une chaleur horrible cet été-là, cet été du grand maoïsme militantiste. *L'Éloge de la véhémence*, notre second livre sérigraphié après *Lutte et Rature*. Denis m'avait annoncé comme titre *l'Éloge de la violence*. Sachant alors par mes amis maos clandestins ce qu'était la violence à proprement parler, j'avais préconisé véhémence, comme nous convenant mieux à l'un et à l'autre. Il a accepté. C'était peut-être une erreur commune. N'avions-nous pas en 68 publié dans les cahiers *Insolations*, que j'avais fondés et que je dirigeais, son « Saint-Just ou la précipitation des actions » illustré d'une guillotine ? Nous venons d'en reparler, de ce texte, en riant, tant la Terreur, Saint-Just et la guillotine vont incessamment et l'année prochaine être victimes des jésuites. Qu'aurions-nous donc fait en 1793 ? Comme Stendhal, cette « âme sensible », n'es-tu pas, Denis, une âme sensible comme je le suis moi-même, n'aurions-nous pas, en 1793, applaudi de *pleasure* au guillotinage de deux prêtres à Grenoble place Grenette, deux prêtres coupables « d'avoir trahi la patrie » ? Comment savoir ?

L'émigration, la trahison, déjà ? Toujours ? Donc Denis est au Pradié avec Françoise et les deux jumeaux. Le Pradié est un de ses lieux initiatiques : il y conduit ses fils presque solennellement. Nous avons tous descendu la rive gauche du ruisseau, depuis l'étang et son tunnel d'engouffrement dans le causse, au pied de la maison. Denis au passage me photographie devant un de mes Cyprès chauve, *Taxodium distichum*, arbre de marécage d'Amérique du Nord. Le *Taxodium* a été cet hiver entre Robbe-Grillet et moi un grand sujet de conversation, il va en planter chez lui au Mesnil pour remplacer ses grands arbres abattus par la tempête et il m'a envoyé une photo de lui devant un *Taxodium* multicentenaire de Virginie. Denis va lui envoyer la photo qu'il vient de faire de moi, en échange et en célébration de l'arbre préféré de Hubert Robert, qui en a planté au Petit Trianon et à la Laiterie de Rambouillet. Marie-Antoinette, guillotinée, ne les a connus et aimés que très petits.

On pense rarement, sinon jamais, que des arbres immenses aujourd'hui n'ont été vus par leur planteur que tout petits et ce hiatus considérable est une très vive souffrance pour lui qui ne peut y remédier que par l'imagination. Avec Martine, au Pradié, les petits arbres que nous avons plantés nous les avons doublés d'un tuteur, le plus grand possible, pour deviner les hauteurs, mais les volumes comment les prévoir ; je plante trop et aujourd'hui après vingt-cinq années j'abats, je fais de la place. Un seul printemps maintenant suffit à tout bouleverser... rien de fini. C'est irrésistible, imprévisible...

Nous avons ensuite traversé le ruisseau sur le pontet de pierres sèches et remonté par le chemin de la rive droite jusqu'à l'atelier. En passant, je lui ai montré l'Oranger des Osages. Cet arbre met en scène ma culture botanique et la science de la systématique, dont l'objet est de débrouiller l'imbroglio de la tentation et du réel. Ainsi, si l'on classait les êtres vivants comme on fait pour les végétaux, non plus selon leur mode de reproduction, selon la configuration et le fonctionnement de leurs sexes, ce qui permet de dire qu'un acacia (Robinier) et un petit pois ou un haricot vert sont de la même famille : les Légumineuses Papilionacées, mais selon les toxines que leur organisme sécrète ou non, et dont on peut contrecarrer les effets désastreux chez l'homme par l'injection d'un sérum obtenu lui-même par l'injection d'un peu de ladite toxine dans un gros cheval, on classerait alors dans la même famille, dont on inventerait le nom, la Bactérie du Tétanos, la Vipère Aspic et le Ricin de Zanzibar, dont les graines fraîches par leur toxine provoquent la redoutée ricinite, qui n'a rien à voir avec l'effet drastique de l'huile de ricin. Ce classement ne serait pas peu surprenant, mais ni plus ni moins que celui qui réunit le grand arbre acacia et le petit haricot vert du potager.

L'Oranger des Osages, j'en avais planté en 1963, à cause du nom, dix. Un seul a survécu à l'étouffement par les broussailles et les repousses d'orme. Il a maintenant quatre mètres et son feuillage vert clair, ses longs rameaux aux puissantes épines me ravissent. Les Indiens d'Amérique en faisaient des arcs. Ses oranges ne sont pas des oranges. D'ailleurs je n'en ai pas encore récolté : il est trop jeune. Les Osages, avec un O majuscule, je n'ai aucune idée de ce que cela signifie. En latin, il s'appelle *Maclura auriantiaca* ou *M. pomifera*, mais même sous ce qualitatif *pomifera*, ses pommes ne sont pas des pommes. Ce ne sont que de grosses boules d'un jaune tirant sur le rouge, et je n'en ai jamais vu. Cette espèce compose à elle seule le genre *Maclura* ou *Toxylon*, ce qui est en soi une curiosité botanique, presque une énigme, en tout cas une rareté. Osages :

je viens de regarder un vieux *Petit Larousse.* L'Osage est un affluent du Missouri. Donc peut-être les Osages sont-ils des Indiens qui, sur ces rives, fabriquent des arcs avec le bois de l'Oranger des Osages, qu'ils nomment bois d'arc ?

4

Il a plu tous les jours de ce printemps pluvieux et tous les soirs, après avoir mangé, je marche avec Bello et mon bâton sur le chemin qui mène du Pradié aux Rhines. Je pense à la Guerre. Dans *le Brulard*, que je lis une fois de plus, j'ai découvert qu'il se promenait, Henri Beyle, toujours avec un bâton d'aubépine dit épineau. Mon bâton prélevé dans une haie est aussi d'aubépine, avec une boucle de lacet de cuir traversant les nœuds de la tête, polis et brillants.

Les haies des chemins, plus généralement la végétation des bords de chemin, cette bande qui court entre le gravillon et les terres cultivées ou les bois, avec au milieu un fossé plus ou moins humide, sont les «jardins» que je préfère. Je les observe attentivement. Mes connaissances botaniques sont insuffisantes pour en nommer toutes les espèces et je n'ai jamais pu, en quelque domaine que ce soit, acquérir la science des spécialistes. Je n'ai jamais su qui joue avec Armstrong dans *Black and Tan*, et quand je le sais je l'oublie immédiatement. Toutes mes connaissances même amoureuses sont toujours fragmentaires, c'est là que j'ai ma jouissance. Mon père, homme grave et utopique, me le reprochait vertement. Encore que... les auteurs, peintres ou écrivains, peu nombreux, que j'aime, j'ai maintenant tendance à vouloir en connaître les œuvres complètes. Il n'en est pas encore ainsi des plantes des chemins. Ces «jardins»-là me plaisent tant, au bord des chemins: chaque espèce ne s'y fixe que si elle y trouve des conditions de vie lui convenant parfaitement, sinon elle périclite dès la germination et disparaît aussitôt. Elle y connaît alors un développement harmonieux et, puisque le climat, la terre se modifient très vite sur de courtes distances, ces plantes se développent en colonies et l'attrait que j'y trouve par curiosité et plaisir est sans cesse renouvelé.

Tout cela est irréalisable dans un jardin civilisé. Le jardinier remédie aux diverses carences, bine, arrose, engraisse, et il en résulte une pléthore ou à l'inverse une misère, qui l'une et l'autre me consternent et me navrent. Seuls les jardins botaniques à usage scientifique, ce qui implique un ordre absolu et des étiquettes nominatives, m'enchantent : les Jardins des plantes. Dans mon jardin du Pradié, j'essaie de ne pas trop jardiner, c'est extraordinairement difficile. Seul le labyrinthe de buis et de charmille subit mon empire, mon ordre. Ailleurs, c'est le fabuleux désordre de la nature, ce désordre fait de l'inattention de notre regard et dû à nos idées toutes faites, à notre bêtise, cette idée par exemple de mettre un N majuscule à nature. Cette nature, où je vis et que je sais, y vivant, n'être qu'une incessante mise à mort. Auprès des tapettes où je ne cesse de capturer des souris et des rats avec du lard, je ne cesse de balayer les plumes des petits oiseaux que les rapaces et les genettes ne cessent de dévorer.

Ce matin, par un temps de grand soleil de fin octobre, j'ai vu passer simultanément deux vols d'oies ou de cygnes, sauvages, presque côte à côte. L'un des groupes en V comptait six oiseaux, avec leurs longs, très longs cous tendus et leurs très fortes ailes, dans une branche du V, une vingtaine dans l'autre, le second groupe cinq ou six, dans chaque branche. La première formation battait puissamment et lentement des ailes, la seconde planait en roue libre et elle a ainsi traversé tout mon ciel, alors que l'autre s'échinait, et cela côte à côte. Avant même de les regarder dans le ciel, je les ai entendues ; une manifestation de rue, en l'air, et dont les mots d'ordre ne comptaient que deux ou trois phonèmes, constamment répétés dans une langue inconnue mais humaine.

Au printemps, quand je me promenais avec Bello et mon épineau, je passais chaque jour près d'un noyer. Presque tous les soirs, j'entendais en passant un martèlement vigoureux dans une des branches. En revenant, le martèlement se poursuivait et l'heure était tardive. J'assenais des coups de mon bâton sur le tronc, très fortement. Rien n'y a jamais fait. Un soir je n'ai rien entendu dans le noyer. L'ouvrage était achevé.

La Guerre, j'y pense chaque jour depuis quelques années. Et rien n'est sorti de cette guerre ni la gaieté de 1920 ni les *Désastres* de Goya. Rien d'autre, derrière le génocide révélé, que la peur atone de l'atomique, rien d'autre que l'indifférence bouche bée à la chimique, rien d'autre qu'une angoisse chaque jour plus diluée : Berlin, Cuba, la Corée, l'Indochine, l'Algérie, le Viêt-nam et le Cambodge, l'Afghanistan et l'Iran, l'Irak, la Palestine, l'Égypte, Israël et le Liban... Répétitions sans fin, inextinguibles de la mort, de l'atrocité et de l'énergie meurtrière. Meurtre sur meurtre, des meurtres dits pertes.

Des centaines, des milliers, puis des millions et des millions de cadavres. J'en ai vu deux. Après le premier bombardement de Billancourt en 1942, j'aidais à déménager dans cette banlieue pauvre des logements d'immeubles effondrés, quand je vis le pied, encore muni de sa pantoufle de feutre, d'un cadavre enseveli sous les gravats et les blocs de pierre. Un vieil émigré russe. Je venais de vider des appartements à l'odeur de concombre aigre et garnis à profusion de ces napperons de dentelle que les Russes aiment. Après que les Américains furent entrés à Heidelberg, le 31 mars 1945, sans bruit ni fracas, le jour même je vis le cadavre étalé sur le trottoir d'un ouvrier en bleu, d'un homme en bleu de travail. Pas de sang. Pas de visage. Il avait la face contre terre, à plat ventre. Deux cadavres sans visage. Le premier était-il russe, celui-ci d'où venait-il? Rien que deux hommes morts et sûrement, quelque part, du sang. L'atroce camouflé. Ni photographiés ni photographiables; nuls. Archinuls comme tous les autres.

Philippe, dans sa vidéo, me demande s'il n'y a pas un rapport entre ma vie actuelle au Pradié, solitaire dans mon atelier de peintre et le soir sur les chemins, et le fait que, pendant toute cette guerre qui a duré cinq années, presque six, au cours de laquelle des millions et des millions d'hommes ont été assassinés avec préméditation, moi j'ai vu deux cadavres, et c'est tellement étonnant, tellement incompréhensible cette absence de cadavres dans ma vie de 1939 à 1945 que je voudrais essayer de comprendre quelles sont les circonstances qui m'ont amené, alors que tout le monde était ou cadavre ou producteur de cadavres ou témoin de cadavre, à rester tout au long de ces années si étranger au phénomène monstrueux de cette pullulation incontrôlable, chaque jour plus vive, de cadavres.

Qu'est-ce qui s'est passé dans cette vie où la guerre a tenu une si étrange place et qu'est-ce qu'a été cette vie dont pendant quarante années ni moi ni mes amis, Alain Robbe-Grillet et Claude Ollier, n'avons publiquement ou par écrit parlé ?

Quelle étrangeté les affinités électives, aussi mystérieuses que la gémellité et tout aussi bizarres ! Difficile de comprendre et de savoir ce qui, en novembre 1942, à l'Institut national agronomique, nous unit Alain et moi puis, en août 1943, nous réunit sur un chemin de la forêt de Nuremberg à Claude et pourquoi ces trois élèves de grandes écoles, Agro et HEC, deviendront si vite des artistes, presque sans le savoir, après avoir traversé et l'Allemagne nazie et la guerre.

Qui sont ces étudiants, presque encore

lycéens, petits-bourgeois, deux dans le XIVe (R-G et D), un dans le XVIIe (O), tous les trois flanqués d'une sœur (celles de R-G et de D omniprésentes, celle de O invisible, absente), qui mènent les mêmes études de lycée, exactement les mêmes : latin, allemand, sciences, philo-maths, chacun dans son coin et bons élèves vont tous trois entrer dans deux grandes écoles pour en partir tous à Nuremberg, s'y retrouver, s'y lier de complicité, une complicité qui continuera la durée de leur apprentissage, après la guerre, de ce qui sera bientôt à chacun leur unique affaire : écrire, peindre.

Puis il y eut des avatars : nos « petits travaux » *sic* R-G, nos amours et nos femmes. Et aujourd'hui nous avons plus de soixante-cinq ans. Nous nous préparons à mourir. Je vois Alain plus souvent. Claude vient chaque été au Pradié avec sa fille. Ils parlent de moi dans leurs livres. La mort approche. Parlons donc tant qu'il est temps.

5

Je disais, dans *Chronologie de mon dessin*, que je n'avais, pendant la guerre, rien fait ou extraordinairement peu de choses. Bon. C'est vrai et c'est pas vrai. C'est vrai seulement dans ce sens que je n'ai fait ni Résistance ni Collaboration et que je me suis trouvé dans une espèce de courant... de courant et donc amené à partir parce que né en 1922, à partir en Allemagne selon la loi de Vichy, donc des Allemands.

(*Brève note sur les ouvriers en Allemagne pendant la guerre.* Le lundi 15 février 1943, Pierre Laval en Conseil des ministres, « mobilise pour deux ans » trois classes, 1920,

1921 et 1922, affectées au « service du travail obligatoire ». Il répond ainsi aux exigences des Allemands de renforcer les envois en Allemagne d'ouvriers pour les usines de guerre, dans le cadre d'une « relève »-prétexte : la libération, par échange, de prisonniers de guerre, selon des quotas draconiens. Les départs pour le STO eurent lieu dès la promulgation de la loi, sauf pour les étudiants, sursitaires jusqu'en août 1943. Si bien qu'en arrivant alors en Allemagne nous avons trouvé sur place : les prisonniers de guerre avec leur statut spécial, leurs camps, leurs uniformes, leur KG dans le dos ; les prisonniers de guerre « transformés », selon un étrange accord, en travailleurs civils et donc libres ; les ouvriers dits « travailleurs volontaires », de la soi-disant relève, qui dans leur majorité étaient des chômeurs beaucoup plus que des idéologues de la Collaboration, et parmi ces ouvriers-là on trouvait aussi des militants catholiques venus encadrer les ouvriers ; enfin les gens du STO, dont, au camp de la MAN à Nuremberg, surtout des paysans arrivés en février-mars 1943 et qui le plus souvent avaient été, dans leurs campagnes, emmenés par les gendarmes.

Le mode de vie des ouvriers, français et autres étrangers, dépendait de chaque direction d'usine qui fixait à son gré l'organisation des camps, leur surveillance, la distribution ou non des cartes de ravitaillement, la paie, etc. Tous ces ouvriers en dehors de l'usine étaient libres, avec pour restriction majeure celle de ne pas circuler au-delà de trente kilomètres à partir de l'usine. Contrairement aux prisonniers de guerre et aux travailleurs de l'Est, ils étaient libres dans leurs rapports avec les citoyens allemands, notamment avec les femmes. Les Ukrainiens portaient dans le dos les trois lettres OST et ils habitaient des camps spéciaux. Les Serbes, les Tchèques, les Belges, les Hollandais étaient dans les mêmes camps que les Français.

Il y avait d'autres Français en Allemagne : les Alsaciens enrôlés dans l'armée allemande, et après la libération de la France arrivèrent aussi toutes sortes de gens, tous les activistes... et ils n'étaient pas cantonnés uniquement à Sigmaringen avec Céline.

Arrivaient aussi au gré des circonstances ; par exemple à Heidelberg, un groupe d'hommes de Saint-Dié, raflés en représailles et envoyés en usine ; à Coburg, toute une population d'Allemands minoritaires, arrivés en 1944 avec des wagons contenant des usines démontées, venant de Roumanie, et plus roumains qu'allemands dans leurs fourrures de mouton et leur étrange langue latine. Et il était bien difficile, dans cette Allemagne de cataclysme, de savoir qui était qui.

Pierre Laval, responsable de cette politique, fut fusillé. L'adjoint de Fritz Sauckel, avec qui Laval négociait ces transferts d'ouvriers, fut abattu en septembre 1943 par les fameux MOI, ces tailleurs et fourreurs juifs d'Europe centrale, communistes, récemment immigrés en France et héroïques. Jean Jardin, le collaborateur, le conseiller et l'ami de Laval, connut jusqu'à sa mort en 1976, et dans l'intimité de la IVe République, la plus brillante et la plus fortunée carrière dont un fonctionnaire puisse rêver... *Fin de la note sur les ouvriers en Allemagne.*)

Le 7 août 1943, les familles Robbe-Grillet et Dufour, au grand complet, se retrouvent au métro Denfert-Rochereau pour la gare de l'Est, direct, et ce départ de nous deux harnachés des sacs à dos de camping, des gourdes et des couvertures nécessaires à un tel déplacement et une telle expédition à l'étranger est excessivement sentimental. A la gare de l'Est, quelqu'un donne à cet embarquement une tout autre note : un homme de notre âge, élégant et habillé en ce jour d'août d'un excellent manteau noir du meilleur faiseur, arpente solitaire le quai et ganté tient de la main droite un *Baedeker* de l'Europe centrale. Je ne l'ai jamais retrouvé ni revu : il était un prodige.

Arrivés à Nuremberg, nous avons été immédiatemment avec les autres Agros concernés, une quinzaine et autant de Serbes venus de je ne sais où, transférés dans un camp de travailleurs de l'usine MAN et affectés aussitôt à l'atelier d'apprentissage des tourneurs. Là, qu'avons-nous vécu ? Pourquoi suis-je parti ? Et pourquoi n'être pas entré dans la Résistance ? Pourquoi avons-nous attendu quarante années pour parler de tout ça, Robbe-Grillet pour publier *le Miroir qui revient*, où il parle de ça, de lui, de moi, Ollier pour publier *Déconnection*, où il parle d'une usine à Nuremberg et d'une maison qui pourrait être le Pradié, moi pour parler aujourd'hui devant la caméra vidéo de mon fils Philippe.

Quand je suis dans une soirée et que les convives parlent de la Résistance, moi je ne dis rien. Hier soir chez Jo Katz, à Paris, des amis juifs : l'un à Budapest, ses maquis, ses actions, la façon dont ils avaient été décimés, comment il était devenu officier de l'Armée soviétique, l'autre des actions aussi fantastiques... et tout à coup : Et vous, qu'avez-vous fait ? J'étais au STO, ouvrier d'usine en Allemagne, ça n'avait rien de rien. Vraiment ?

J'appartenais à la petite bourgeoisie, une petite bourgeoisie animée d'un solide mépris pour les bourgeois, pour toute la classe bourgeoise qui constituait la IIIe République et ses mœurs et ses habitudes. Nous vivions en marge de la société. Mon père ne nous a, ma sœur et moi, jamais autorisés à recevoir un seul de nos camarades de lycée ni à être reçus dans leurs familles. En marge et en vase clos, avec la soupape de la forêt de notre maison de vacances de La Villeneuve, où nous vivions comme des sauvages imbus du privilège qu'à nos yeux constituait cette sauvagerie même, hautaine et fière. Le jeudi, chez ma mère et pour les fêtes, c'était ailleurs, ce n'était pas la vie, notre vie.

Mon père était peintre et, nous élevant, professeur de dessin. Il avait fait, comme le père de Robbe-Grillet, la guerre de 1914-1918, lisait *l'Action française* et par antibourgeoisisme *l'Ami du peuple.* Il était aussi nationaliste barrésien. Il y avait à la maison de l'anti-Frontpopularisme, de l'anglophobie et de l'antisémitisme, de cet antisémitisme traditionnel, dont personne en France avant guerre n'osait pressentir les conséquences, dans la folie et l'horreur, à venir. Antisémitisme dont néanmoins, probablement, une conséquence fut le silence apeuré des Parisiens et de moi, en tout cas, lors de la grande rafle des Juifs en juillet 1942.

Je me suis toujours demandé, et aujourd'hui plus encore, les années allemandes remontant à la mémoire, ce qui s'est passé dans ma tête ce jour de la mi-juillet 1942, où les Juifs de Paris furent raflés et enfermés au Vél'd'Hiv'. Ce Vél'd'Hiv' où quelques années auparavant je patinais tous les jeudis, tandis que les cyclistes, pistards de fond, tournaient derrière des motards droits comme des I sur leurs engins munis à l'arrière d'un rouleau d'acier brillant, sur lequel le cycliste appuyait sa roue avant, entraîné dans la vitesse. Ce Vél'd'Hiv' où les patineurs, leurs lames enfoncées dans un épais tapis-brosse, mangeaient des saucisses à la moutarde autour de braseros à coke incandescents. L'autre jour encore, à Paris dans l'île Saint-Louis, 10-12, rue des Deux-Ponts, je lis cette plaque : « ... 112 habitants de cette maison, dont 40 petits enfants, déportés en 1942 et morts dans les camps allemands ». Qu'est-ce qui s'est passé dans ma tête ? Pourquoi n'ai-je pas voulu voir cela ? Au-delà de la peur de l'époque, de quel antisémitisme s'agit-il donc ? Quelle réalité recouvre cet antisémitisme ? 1942. Vingt ans. Quel obscur et traditionnel fonds me faisait ne pas me révolter comme un fou furieux contre ce qui n'était pas encore la Solution finale, alors totalement inconnue, dont il faudra attendre la révélation en mai 1945 avec l'ouverture des camps par les armées alliées, mais contre ce qui était une arrestation en masse, puis une déportation annonçant sans doute quelque singulier pogrom ? Et quel est le fonds étrange, inquiétant, qui me faisait ne pas voir, ne pas prendre en considération ce que l'on savait, depuis plusieurs années, des pogroms berlinois organisés par la SA ? Se rassurait-on en assimilant ces pogroms nazis aux pogroms catholiques polonais, et russes, en les intégrant ainsi à l'Histoire ?

Le 1er avril 1861, Baudelaire écrit à sa mère : « ... un grand livre auquel je rêve depuis deux ans : *Mon cœur mis à nu*, et où j'entasserai toutes mes colères » ; le 25 juillet 1861 : « ... un grand livre sur moi-même, mes *Confessions* » ; le 3 juin 1863 : « Enfin retourner à Honfleur... y faire totalement *Mon cœur mis à nu*, qui est devenu la vraie passion de mon cerveau, et qui sera autre chose que les fameuses *Confessions* de Jean-Jacques » ; et le 5 juin 1863 : « Eh bien ! oui, ce livre tant rêvé sera un livre de rancunes... je veux faire sentir sans cesse que je me sens étranger au monde et à ses cultes. Je tournerai contre la France entière mon réel talent d'impertinence. J'ai un besoin de vengeance comme un homme fatigué a besoin d'un bain... Je ne publierai, certes, *Mon cœur mis à nu*, que quand j'aurai une fortune assez convenable pour me mettre à l'abri, hors de France, s'il est nécessaire. »

En février 1865, rédaction de *Mon cœur mis à nu*. En 1867, Baudelaire meurt. En 1887, première édition incomplète. En 1906, Dreyfus est réhabilité et les cendres de Zola seront transférées au Panthéon. En 1908, l'édition est complétée, au paragraphe LXXXIII, par deux alinéas jusqu'alors inédits où l'on lit seulement ceci :

« Belle conspiration à organiser pour l'extermination de la Race Juive.

Les Juifs Bibliothécaires et témoins de la Rédemption. »

J'ai lu, il y a quelques années pour la première fois, *Mon cœur mis à nu*, journal intime et confession. Je ne relis jamais ce paragraphe LXXXIII sans le même extrême malaise et je ne sais quelle sourde et atroce angoisse. Cette étrange censure par les éditeurs de 1887 à 1908, comme une mise au secret. L'énoncé glacial, vertigineux. La Rédemption, que l'on retrouve chez Claudel, le 11 septembre 1945 : « Les cinq millions de Juifs assassinés, c'est tout de même un événement capital, inouï, une péripétie qu'on peut croire capitale de l'histoire d'Israël », texte qui se termine ainsi : « parmi eux que d'enfants ! A ces torrents répandus comment croire que ne se mêle pas quelque efficacité rédemptrice ? » Même enfoui jusqu'en 1908, ce paragraphe LXXXIII, prémonitoire, précis et effrayant, accusateur comme l'affaire Dreyfus, fait partie de nous-mêmes.

En juillet 1942, ce silence, le mien est ma honte. Cette honte n'a jamais cessé de me lanciner, de me tourmenter.

Toute cette semaine, série d'émissions à France Culture : Zeev Sternhell parle de son prochain livre : *la Tentation du fascisme en France*, de cette mouvance immense des années 1930, de cette cohorte d'intellectuels, de journalistes, de directeurs de revues... Les noms qu'il cite... quelle litanie... je n'ose pas la répéter, il me semblerait chercher des paratonnerres... lisez Zeev Sternhell si vous voulez savoir les noms de ces intellectuels maîtres et ce que fut un climat, comme on dit... La voix de Sternhell sans hargne ni vindicativisme, sachant tout implacablement... et il faut dire ici, à ce propos, dit-il, fascisme, oui fascisme parce que c'est le seul mot qui convienne. Et retrouver, par ailleurs, le mot tentation, qui depuis que j'ai commencé ce texte ne cesse de me hanter, et qui, dès mon adolescence, à travers les images de Bosch et de Grünewald me captive sans que j'en comprenne alors le sens... Je ne suis pas sûr qu'un historien français puisse dire ce que dit Sternhell, professeur à l'Université hébraïque de Jérusalem. Lui peut parler et je vois plus clair. Aucun interdit pour lui ni convenance ni respectabilité. Il dit ce qu'il analyse : ceci est le fascisme et cela est la tentation du fascisme. Une *glasnost* à notre usage. Formidable analyse.

6

A la maison personne ne militait. J'étais un adolescent préoccupé de ses études classiques et scientifiques. Je me suis trouvé, à la défaite de 1940, à dix-huit ans, face à l'Exode, à l'Occupation, à l'installation légale du gouvernement de Vichy, en état d'acceptation. Mou, la mollesse étant alors de ne faire aucun choix militant et, dans ces temps de guerre et de violence, le choix militant ne pouvait être que celui du parti de la violence d'un côté ou de l'autre. Ce fut le choix de quelques rares artistes et écrivains qui entrèrent dans la Résistance, la clandestinité et la suspension de leurs activités artistiques publiques parisiennes. Certains devinrent des activistes de la Collaboration. Quelques autres eurent le privilège insigne d'embarquer à Marseille pour New York. Mais la plupart choisirent de poursuivre leur carrière et leur professionnalisme, donc de se soumettre à leur propre autocensure, autocensure dont tous les éditeurs parisiens s'étaient fait une règle, et à la censure du fameux Leutnant Heller de la *Propagandastaffel*: du bureau nazi de propagande, pour exposer leurs peintures, publier leurs livres, faire jouer leurs pièces. Certains, à l'imitation de Gallimard, pratiquèrent le double jeu. La vie artistique à Paris, *Leutnanto Hellero regnante*, fut brillante et nous y assistions. Concerts magnifiques... Théâtre: Anouilh, Montherlant, Cocteau, Claudel mais Sartre aussi, qui n'a pas «laissé» jouer ses pièces mais les a «fait» jouer avec la dose d'intrigues que cela exige, a exigé et exigera de tout temps en toutes circonstances. Il est aujourd'hui rare et exceptionnel que soient publiés intégralement correspondances et journaux intimes de ces années-là. 1940 et 1945 sont des millésimes limites fatidiques.

Le *Journal* de Claudel l'a été, expurgé de certaines péripéties amoureuses...

Les maquis, j'en entends parler en 1942-1943. J'aimais alors MR, qui passait ses vacances à Saint-Honoré-les-Bains: il y avait là un maquis. A la même époque, une autre jeune fille, GP, notre voisine à La Villeneuve, débarque un jour à Paris, mystérieuse. Elle arrive d'Alger et va y repartir. Je ne saisissais pas ces deux occasions d'entrer dans le maquis, dans la Résistance à Alger ou à Londres. Peut-être avais-je simplement peur de la violence d'un engagement militaire. La confluence du climat politique de la maison, chez mon père, et de mon entourage amical, Alain, et de cette peur devant les armes de guerre m'a fait subir la loi de Vichy et donc la loi allemande en France. Je me suis plié en 1943... à la loi. Une fois...

Quand je pense maintenant à ces événements, avant et pendant ces premières années de guerre, je ne suis pas fier de mon adolescence. Plus tôt, plus jeune, c'était bien, vraiment bien, en dehors de l'Histoire.

Ma sœur et moi allions à La Villeneuve

chez mon père par le train Montparnasse-Rambouillet, ces trains électriques d'acier cannelé que 1936 allait remplir de bandes de garçons et de filles d'une gaieté stupéfiante, qui nous stupéfiait parce qu'ils avaient l'air d'être libres, et nous allions descendre du train, prendre nos trois vélos et nous enfoncer à travers la forêt achever ces temps où, gamin, je courais les bois de La Villeneuve de La Celle-les-Bordes avec d'autres innocents. La Celle, ancienne dépendance carolingienne de Saint-Germain-des-Prés, était alors entièrement soumise aux lois de la chasse, à courre et à tous les gibiers de forêt. Les paysans, les casseurs de pierre et les bûcherons étaient tous braconniers, de mèche et en lutte chaque jour avec les gardes-chasse. L'un d'eux, fervent et acharné, fut arrêté par les féroces gardes-chasse allemands, pour qui le braconnage est crime de sang et expédié en camp de concentration en Allemagne, modeste droit commun rural... J'aimais les bûcherons, les carriers-casseurs de pierre. J'ai encore une de leurs petites masses-marteaux. Trois familles : les Vérons, mineurs de charbon arrivés du Nord en 1918 dans de fortes roulottes lourdes comme des wagons, sédentarisées au bord de la forêt, les Heurdier dans une baraque dans la forêt, les Boré dans une maison du village. Tous au moins douze enfants, coupant du bois, cassant des pierres avec père et mère. Ils étaient nos amis, à ma sœur et moi. Nous galopions avec les Vérons, Henri, Louis, Marceau et le chien Boule, quelquefois avec les Heurdier, dans les bois et nous pêchions dans les mares des grenouilles vertes avec un pétale de coquelicot accroché à une épingle tordue, une ficelle et une branche de bouleau. Les Boré avaient le sang chargé. Gégène et Mémène passaient sur les chemins, Gégène d'une telle beauté, brute bégayante : ils bûcheronnaient, ahanaient et se battaient dans la forêt, que Bibi parcourait en chantant, et sa mélopée allait et venait, disparaissait et réapparaissait à travers les futaies et les taillis, il était fossoyeur. Le père Heurdier précipita sa femme sous un train et revint à toute vitesse à pied à travers bois se pendre dans la baraque que lui avait offerte la duchesse d'Uzès, des chasses à courre. Au-delà de la

Révolution, les temps anciens s'éteignaient lentement dans la forêt, à quarante kilomètres de Paris. D'autres bûcherons arrivaient quelquefois selon les besoins et les coupes. Toujours douze enfants. Ils bâtissaient une hutte de terre, de grillage, de bois et sur la terre ils plantaient des bruyères roses en guise de chaume. Ils abattaient les arbres, liaient des fagots sur des chevalets en branches, brûlaient du charbon de bois et quand ils partaient sur une autre coupe dans une autre forêt, je fouillais avec ma sœur la clairière, la hutte qui s'effondrait, à la recherche de ce que l'un et l'autre plus tard chinerions sur les trottoirs des Puces. En deux saisons les fougères faisaient tout disparaître, et aujourd'hui depuis très longtemps, cinquante années, toute cette vie a intégralement disparu... douze enfants... J'ai été encore dans cette forêt longtemps et je n'y vais plus jamais.

Mais de ma vie de lycéen, d'étudiant scientifique, d'élève de grande école... seulement ceci : l'endoctrinement schopenhauerien que me prodiguait le fils d'un général du faubourg Saint-Germain, François Jeannel, mon camarade de première et de philomaths, assis tous les deux sur la grande échelle horizontale du gymnase de Louis-le-Grand, puis celui de Kierkegaard par Robbe-Grillet. Je recevais de mes deux camarades-philosophes les deux fondements de toute ma vie : le pessimisme et le ou bien... ou bien...

Et je dois à une femme le premier véritable éclat de l'art moderne : HM... H était la veuve d'un banquier juif berlinois et son surgissement soudain vers 1937 dans les amours de mon père et à la maison dans notre vie, qu'elle partagea quelques années, fut celui d'une comète. Elle arrivait de Berlin. Son élégance, tout ce qu'elle transportait encore sur elle et en elle-même de richesse et de luxe d'un autre monde : folies du Berlin des années 30 et stigmates du Berlin d'avant-guerre. Son élégance cosmopolite, adorable, me subjuguait et me charmait. Avec elle, le fabuleux *Vogue* d'avant-guerre était entré à la maison. J'imagine que j'aimais cette femme exquise. Fouillant dans ses affaires, j'avais découvert des petits paquets carrés et minces de papier de soie, qui emballait de mystérieux objets. Ils me plongeaient dans la contemplation, l'émoi et la rêverie érotiques. Mon père est à la campagne, à La Villeneuve. Elle m'appelle dans sa chambre pour régler le poste de TSF, elle ne me tutoyait pas, elle a à peine, à peine commencé à se déshabiller, elle m'enserre de ses bras pendant que je règle le poste, je m'enfuis... H avait des disques. J'ai aimé la *Valse triste* de Sibelius à la folie. Courtière en tableaux modernes, elle apporte un jour à la Tombe-Issoire, c'est la maison, un petit Manet: une étude de son chien, un griffon. Moi qui vais bientôt tant aimer et les chiens et Manet. Je vois un chef-d'œuvre, je vois: je le touche et le tiens dans mes mains. Bien autre chose que les livres de reproductions de Grünewald, de Cézanne, de Van Gogh, de Chardin, ces pourtant superbes héliogravures d'avant-guerre qui peuplent la bibliothèque. Je retrouverai, après la guerre, l'émotion du petit Manet, quand au Cabinet des dessins du Louvre, alors dans les greniers, je manipulerai de mes doigts pour les copier les dessins du Tintoret et de Michel-Ange. Les autres maîtresses de mon père, avant la guerre, à La Villeneuve ou à la Tombe-

Issoire, me laissaient ou me faisaient voir leurs seins.

Chez ma mère, le jeudi, je cachais des revues de femmes nues, *Paris Sex-Appeal* et *Pour lire à deux*, que je lisais de la main gauche, comme dit HB, clandestinement. Ma seconde passion du jeudi, chez ma mère, rue Léon-Dierx, était la collection de la belle revue d'art *la Renaissance*, dont elle gérait la publicité. Un extraordinaire vieux fou, qui collaborera plus tard à *Combat* en même temps que Charles Estienne, une page chacun, George Isarlov, y avait publié deux numéros spéciaux : Rembrandt et Vermeer. Je n'ai plus aucun numéro de *Paris Sex-Appeal*, le sexe 1930 rasé et gommé, ce sexe que, un jour, je ne cesserai plus de représenter que comme une caverne rouge, noire et poilue. Autre lecture du jeudi, toujours dans *la Renaissance* : les *Tentations de saint Antoine* de Bosch, Callot et Grünewald. Hieronymus Bosch, au revers droit du volet de son triptyque de saint Antoine, montre ceci : un homme mort gît sur la vase du fond d'une mare, décroché d'une croix de supplice, enserré encore par une corde et la jambe gauche accrochée par le genou au montant de la croix, un corbeau y est perché, un morceau de corde pend de la traverse à côté d'un coutelas, sur la vase un soulier à gauche, un humérus à droite, et sur le rebord de la mare un bâton et un avant-bras gauche la main ouverte et décharnée ; la croix est renversée, enfoncée dans la vase et le haut en appui sur le talus. Tout cela peint à toute vitesse, du bout du pinceau, lavé de grisailles, antithèse du Bosch fignolé. Magnifique peinture... et l'extrême détresse.

Et pourtant je garde de ce temps d'adolescence un mauvais souvenir : assez crétin. Sur tous les plans. Sexuellement aussi. Encartonné dans des tabous terribles. Le lycée et quelques frémissements. Rien de plus.

L'autre jour, en octobre 1989, je descends la rue Saint-Jacques, à Paris. Devant le portail vitré du lycée Louis-le-Grand, à travers lequel je venais de rêver à la vue du jardin d'hiver, le même qu'à Montaigne au-delà du hall d'entrée, trois ou quatre lycéens en groupe de conversation : l'un d'eux plus jeune, plus petit que ses condisciples et si joli, parle avec esprit d'une mystérieuse OPA. Qui sont-ils ces lycéens actuels, ces fameux élèves de Louis-le-Grand, des grandes écoles ? Puisse-t-il y avoir un abîme entre eux et nous ! Je n'en suis pas si sûr. La terrifiante description d'adolescents qu'a donnée Pasolini, dans un texte violemment culpabilisateur de nous-mêmes, surgit toujours quand je les vois pâles, affalés sur leurs mobs. Hier, 6 septembre 1988, sous les arcades de Villefranche-de-Rouergue, une bande de beurs et de petites Aveyronnaises, tous du lycée ; un jeune Marocain courtise ardemment une de ces petites mignonnes : l'occitanisme et ses folies passéistes débouchant toujours sur la pureté, j'étais ravi. L'abîme que 68 a creusé entre la génération de 1920-1930 et celle de 1950-1960 s'est-il maintenu, accru ou comblé ? Les beurs l'ont radicalisé.

Pendant l'Occupation certains étudiants ont été héroïques, ont manifesté, et alors les SS n'étaient pas des CRS, et ils ont été fusillés. Mais la majorité immense était terne et avait peur, ce qui n'est ni glorieux ni excitant. Si bien qu'à l'Institut national agronomique la quasi-totalité des élèves concernés par la loi sur le STO sont partis... Un seul est mort dans des conditions héroïques. Il était à Stuttgart, où il commet un sabotage. Emprisonné, il réussit à se faire envoyer par son père une boule de pain contenant une cartouche de cyanure, dont il meurt. Il était assez gros et gentiment naïf. Dans sa pension de famille de la Montagne-Sainte-Geneviève, il apprenait à danser, un manuel à la main, en mettant les pieds au fur et à mesure dans des traces de pas dessinées et numérotées à la craie sur le plancher. Un autre est mort fusillé, parce que milicien, et son nom ne figure pas à l'annuaire des Anciens Élèves.

7

Partis le 7 août 1943 de Paris par le train, avec les autres : Agros et élèves de Grignon, nous arrivons à Nürnberg, Nuremberg ou en français : Nurambert, et promus immédiatement apprentis tourneurs à la MAN, pour être ensuite affectés à l'atelier des chars Tiger, le WU. MAN c'est comme Renault, 12 à 15000 ouvriers, camions, trains, autorails, chars. Le WU, un atelier spécial où des militaires parachevaient la fabrication, l'armement et la mise au point des Tiger et où une police spéciale secrète s'activait autour des ouvriers étrangers et d'une armée de prisonniers de guerre.

Le 10 août, nous sommes logés dans un

gigantesque camp ouvert, sans barbelés, en pleine forêt, pas très loin de la fameuse Zeppelinwiese, déjà abandonnée le long d'une autoroute déserte où les bombardements déplacent et soulèvent d'énormes blocs de béton. Le dimanche, après le bombardement de la nuit du 11 août, Robbe-Grillet et moi, nous allons à pied, dix kilomètres, à Nuremberg, la voie ferrée étant coupée, par cette *Autobahn* ou autostrade et nous gambadons, en passant dans la Zeppelinwiese, où il y a si peu de temps Hitler hurlait sur des foules, pendant que toute l'aire de béton était ceinturée de colonnes de lumière fabriquées par des projecteurs de DCA. Nous venions de voir dans la nuit ces projecteurs, déplacés et affectés non plus au décor mais à la guerre, capturer un bombardier, qui explosait aussitôt libérant trois ou quatre parachutes. Un autre dimanche, nous rencontrerons, Alain et moi, Claude Ollier lors d'une longue promenade en bande dans la forêt. Il travaille dans une autre usine et habite un camp installé dans l'École des Beaux-Arts de Nuremberg. Nous nous verrons souvent.

Donc, apprentis tourneurs jusqu'en novembre 1943, en même temps que des Serbes. Alain et moi protégeons l'un d'eux : Mancic, c'est un gamin. Nous quittions le camp, près du village de Fischbach, vers midi et en train nous allions à Nuremberg, où en arrivant à la gare AR-G et moi avalions tous les deux goulûment une bouteille de babeurre. Nous allions à l'usine en tramway. Nous y subissions le cours théorique d'un Russe d'Odessa qui ponctuait son sabir de *was zù tùn ?* Que de faire? Et à partir de 16 heures nous tournions des pièces métalliques de mécanique de plus en plus complexes, ce qui nous amusait beaucoup R-G et moi, si bien que nous avons terminé notre apprentissage premiers *ex aequo*, au classement de sortie. A 23 heures, nous repartions en tramway et à la gare R-G et moi passions une heure au buffet, un peu confortable, des premières classes, dans une foule d'officiers partant pour tous les fronts dans la cacophonie de leurs uniformes ; quelquefois nous en étions chassés, nous y faisions notre correspondance. Nous allions aussi regarder le départ du rapide de Paris et écouter le hurlement du chef de gare : *Nach Paris ! Einsteigen !* Dans la nuit, on arrivait au camp par la gare de Fischbach, dans un vieux train à vapeur qui stationnait en chemin longuement à Dutzenteich, au milieu de tous ces petits bruits singuliers qui ponctuent et ponctueront toujours le silence des longs arrêts d'un train de nuit dans une gare. Le camp, dans ces trois mois, reçut à deux reprises, le 11 août puis plus tard, lors de bombardements de Nuremberg, des bombes incendiaires au magnésium, dites crayons, et des bombes-réservoirs de phosphore liquide de deux types : 4 et 50 kilos. Les très intenses bombardements qui réduisirent Nuremberg, la ville, en tas de pierres calcinées eurent lieu plus tard. Dans les premières ruines de la vieille ville, après le 11 août, nous assistions, AR-G, Ollier et moi, à des concerts, et entre autres : Elly Ney, que nous avions entendue avec Abendroth à Paris, où c'était le temps de Karajan déjà.

Bien avant la guerre et peut-être même avant la Première, l'amie intime de ma grand-mère Le Faguays, Marguerite de Glori — je ne peux pas écrire ce nom sans qu'arrive dans son équipage Odette de Crécy; Philippe Berthelot est Monsieur de Norpois et ma mère, jeune fille, joue Reynaldo Hahn chez Paul Claudel — Marguerite de Glori avait épousé Georges Despret.

En 1940, personne ne sait plus qui est qui et l'époux de Marguerite de Glori dirige les usines dont il est propriétaire : Boussois dans le Nord, le verre. Il projette de fabriquer de la laine de verre, le fameux isolant thermique, et est en rapport d'affaires avec Werner Schuller, directeur et propriétaire d'une petite usine très performante de laine de verre à Coburg. Il a la bonne idée de tenter de me soustraire à la MAN et à son WU et en parle à son ami Schuller.

Le premier jour de mon travail au WU, le 8 novembre 1943, alors que Alain et moi polissons à très grande précision des axes de roues de char, retentit mon nom avec un accent terrible dans le haut-parleur hurleur de l'atelier. Le directeur du personnel me convoque. Dans son bureau, un certain Wedekindt, de Coburg, silencieux. Pourquoi croyez-vous, Düfoùr, que nous, MAN, ayons dépensé pour vous trois mois d'apprentissage de tourneur, si vous partez tout à l'heure ? Fantaisie ? ajoute-t-il en français. Wedekindt m'explique, je vais aller à Coburg fabriquer, filer exactement, de la laine de verre. Sans être remplacé sur ma machine du WU, je vais quitter la MAN le lendemain matin pour Coburg. Telle était la puissance de la Collaboration industrielle, dont Boussois pas plus que Gnôme et Rhône ne connurent après guerre les conséquences. L'industrie, c'est sacré. C'est pourquoi la bombe à neutrons est tellement géniale. Elle tue sans casser.

Je fais donc mon gros sac, je roule mes couvertures, etc., et avant 5 heures, je sors de la baraque pour aller prendre le train, changer à Nuremberg, à Bamberg et à Lichtenfeld, quitter la Bavière vers le nord, Coburg et la Thuringe. J'ai dit au revoir à Robbe-Grillet, et quand j'apprendrai qu'il aura été rapatrié pour raison de santé, avec le dernier train d'Allemagne à Paris, cette nouvelle atténuera le remords que j'ai eu d'avoir abandonné mon tendre ami à la MAN. Je ne me rappelle rien du voyage, je débarque à Coburg et je gagne à pied l'usine, la Glaswolle Schuller, Uferstrasse 9, au bord d'un ruisseau, dans un faubourg campagnard, auprès d'une usine métallurgique, dont tous les ouvriers sont des prisonniers de guerre russes, dans leurs uniformes verts, loqueteux, et si tristes que quelquefois on apprenait qu'il en était mort d'abandon à soi-même. Au camp de la MAN, en août 1943, à Nuremberg, un jeune paysan vendéen était ainsi mort, lui aussi, de nostalgie.

Me voici donc ouvrier fileur de laine de verre dans une petite usine de l'économie de guerre. Et de plus en plus cette industrie, cette guerre ne me concernent pas du tout, en tout cas pas de ce côté. Mais en même temps, je ne fais rien pour sortir de cet univers, pour y échapper et entrer dans un autre système. Je vois autour de moi des situations étranges, extraordinairement paradoxales. Dans cette usine de Coburg s'étaient instaurées entre son P-DG Werner Schuller et moi des relations de sympathie amicale. Il était démocrate-chrétien ainsi que son secrétaire Wedekindt qui avait su imposer à la MAN mon transfert. Et lui, Schuller, était marié, avait quatre enfants, et sa femme, juive, vivait à Londres avec ses deux filles alors que lui vivait en Allemagne, dans l'économie de guerre nazie, avec ses deux fils qui étaient, comme tous les adolescents, Hitlerjugend, ce scoutisme paramilitaire obligatoire. Je vivais dans un univers bizarre, puis la Gestapo a interdit à Schuller de me recevoir, je n'allais plus dîner chez lui et je suis devenu un ouvrier comme les autres, perdant tout lien particulier avec la direction.

Nous travaillons par équipe de 3 × 12, douze heures de travail, vingt-quatre heures de repos, alternant travail de jour et travail de nuit, engrenage sans aucune diversion, sans aucune interruption, où tous les cycles sont de un sur trois, une nuit de sommeil sur trois, etc. Le travail se fait dans de grands compartiments à machines, où il ne doit y avoir aucun courant d'air, où la température est de 50° et où les baguettes de verre sont fondues et étirées en écheveaux de laine, douze heures sans interruption dans la poussière de verre, dont nous ne pouvons nous protéger par aucun masque à cause de la sueur et de ces milliards de fines épines de verre en suspension dans l'air. Sans pisser je bois cinq litres d'eau. Je fais tout cela comme un automate indifférent. Et cette indifférence cristallisait bizarrement dans la nuit vers trois heures en hallucinations. La fraîcheur de l'aurore à l'air libre quand je sortais me plongeait dans l'ivresse, titubant et hilare; je devenais libre alors pour vingt-quatre heures jusqu'au prochain cycle, vingt-quatre heures où j'allais pouvoir mener la vie que je désirais mener, à ma guise, avec l'interdiction d'aller à plus de trente kilomètres de Coburg. J'avais travaillé lundi de 6 à 18 heures, je retournerai à l'usine mardi de 18 à 6 heures, jeudi de 6 à 18 heures, vendredi de 18 à 6 heures, dimanche de 6 à 18 heures, lundi de 18 à 6 heures, etc., éternellement sauf si... quelque chose suspend les 3 × 12.

L'usine, ne possédant pas de camp, me loge à l'hôtel Goldener Anker, puis chez Mme Forgeron du Marteau, Hammerschmidt. Les Ukrainiens de l'usine rejoignaient d'autres Ukrainiens d'autres usines dans un camp. L'hôtel était un lieu idéal de rencontre de femmes, d'escapades de la salle à manger vers les chambres. Fuyant les bombardements de l'hiver 1943-1944, de plus en plus terrifiants, arrivent un jour de décembre une jeune fille et sa mère, cantatrice wagnérienne de l'Opéra de Berlin. J'eus un long amour pour Christa et tout Coburg était au courant de notre amour. Je me promenais dans le parc magnifique de la Veste de Coburg, au-dessus de la place du Théâtre, avec la mère et la fille, enlacés, parmi des vols massifs de lucioles à un mètre du sol en nappes mouvantes de points phosphorescents, comme je n'en vis plus jamais nulle part. Christa me rejoignait, son long corps blond. Quand nos amours se distendirent à la fin de l'été, elle s'amouracha d'un jeune lieutenant, le Leutnant Boehm, à qui elle donna une bague, que j'avais sur moi en venant de France et que je lui avais offerte. Au restaurant de la Lorelei, le lieutenant, à table avec elle, me fit voir ostensiblement, à travers la petite salle, qu'il portait ma bague, puis il partit pour le front de l'Est. J'ai oublié la vraie fin de mon amour pour Christa, je lui ai écrit longtemps après la guerre. La Lorelei, le restaurant du théâtre, était ma cantine : j'y prenais tous mes repas, autres que les déjeuners de midi et de minuit à l'usine des 3 × 12. Tout mon argent y passait et mes nombreux tickets de ravitaillement, nombreux puisque j'avais une carte de supertravailleur de force (*Schwerarbeitkarte*), avec au moins doubles, sinon triples rations. Le patron, Herr Neundorf, me traitait, de ce fait, comme un client privilégié ; de la porte il me conduisait à ma table, et quand un nazi avec son insigne rond de la NSDAP à la boutonnière protestait contre ma présence à la salle des habitués, il s'excusait de devoir me faire prendre place à la brasserie, où il me faisait servir secrètement du vin du Rhin dans un demi de grès, mais cette mise en pénitence était rare et ne durait jamais plus d'un repas, après quoi je reprenais mes aises et mes habitudes, dans une des petites salles de boiseries couvertes de photos dédicacées d'artistes d'Opéra, puisque Coburg après Berlin était un Opéra célèbre et réputé. J'y vis *Ariane à Naxos* et *Tristan et Yseult*.

Dans le parc aux lucioles, j'ai lu Stendhal, absorbé et ailleurs. Je montais parfois en haut de la colline, à la Veste de Luther, il y passa six mois. A côté, un hôtel désert, luxueux, où je restais quelques heures à lire, dans le confort épais de fenêtres doubles à petits carreaux et à bégonias en fleur. J'ai connu à Coburg un prisonnier de guerre « transformé » en ouvrier civil, Alexandre B de M, ouvrier dans une laiterie où il dérobait du lait et nous faisions de grandes bouffes de purée de pommes de terre, qui nous laissaient pantois. C'est lui qui, après la guerre, montre une de mes peintures à Louis-Gabriel Clayeux : ainsi j'exposerai à Paris pour la première fois aux *Mains Éblouies*, à la galerie Maeght, en 1948.

J'ai été malade à Coburg. Par hasard j'ai été consulter le Dr Rincke. Nous avons été amis. Il était médecin de mine d'or en Afrique du Sud et bloqué, en 1939, par la guerre, à Coburg. C'était un homme mystérieux. Il roulait dans une voiture de sport anglaise rouge vif toujours décapotée, avec un énergique fox-terrier à ses côtés. Il aimait stationner par provocation devant la Maison du Parti et, si je passais là, longuement bavarder avec moi, ma musette au côté. En dehors de mes consultations, il m'invitait à dîner et nous étions servis à table par une jeune Polonaise, déshabillée. Son bureau était entièrement recouvert de photomatons bord à bord, sous une plaque épaisse de verre. Il pratiquait l'hypnose.

Après la libération de la France, débarquent à Coburg deux jeunes femmes françaises, dont l'une très jolie. Le charcutier chez qui j'achète ma nourriture d'usine, notamment la saucisse de foie, me prend à part, lors d'un de mes achats, pour me susurrer que ces femmes sont extrêmement dangereuses, faisant partie du SD, le *Sicherheitsdienst*, cette branche particulièrement redoutable de la Gestapo...

Mon père en 1914-1918 avait été prisonnier à Ohrdruf. Je demande à l'usine de m'obtenir un laissez-passer pour y aller, car au-delà de la limite fatidique des trente kilomètres autorisés. La police prend particulièrement mal cette demande, enjoignant à l'usine de ne plus soutenir dorénavant de tels désirs. Le camp de 1914-1918 était devenu un camp de concentration...

Je n'ai plus aucun souvenir des saisons, du temps qu'il faisait, pendant ces presque deux années d'Allemagne, comme si le climat n'avait cessé d'être indifférencié tout au long, sauf en deux circonstances. Les semaines d'août 1943 au camp de la MAN, dans la forêt, où nous passions toutes les matinées, avant de partir à midi à l'usine, avec Robbe-Grillet, à traîner et à se faire la cuisine dehors au soleil. Et puis cette journée de l'hiver 1943-1944, où j'avais dû quitter mes machines à laine de verre, pour pelleter douze heures durant du coke, dans ma tenue de fileur : chemise de toile, culotte courte, sabots de bois et toile, presque nu sous la neige, ce à quoi après la chaleur d'enfer des machines de l'usine, je n'avais bizarrement, au cours de ces longues heures, éprouvé aucune gêne mais plutôt du plaisir, à l'aise dans le froid. Cette journée euphorique de froid de neige fut la seule anomalie, la seule dérogation à mon travail dans les compartiments à machines, et les séances de douze heures à 50° dans la poussière collante de verre se poursuivirent imperturbablement cyclées sur le rythme des 3 × 12.

Et il est arrivé ceci, dont je n'ai jamais parlé et que je vais dire : un jour d'automne

1944, en octobre, à l'usine, dans un journal allemand, je lis qu'une vieille Fondation, qui portait le nom prestigieux du naturaliste cosmopolite, Alexander von Humboldt (1769-1859), décerne deux bourses d'études à deux étudiants étrangers. Je travaillais avec un camarade français dans cette usine où il n'y avait en dehors des cadres que des Ukrainiens. On en avait tellement marre de cet engrenage infernal dans la poussière de verre, que j'écris à cette Fondation. On pose notre candidature et bizarrement, très peu de temps après, nous avons reçu chacun une lettre nous informant: notre demande est acceptée. J'imagine que nous étions les deux seuls étudiants étrangers dans toute l'Allemagne à croire une minute à une telle offre, tant l'extravagance était pharamineuse et à proprement parler inconcevable.

A l'automne de 1944, la mobilisation des forces disponibles est forcenée, au milieu des ruines gigantesques accumulées par les bombardements par milliers de tonnes de bombes incendiaires et explosives, face à l'effondrement de l'ensemble des fronts. Gigantesque. Milliers. Millions. Milliards. Il suffit d'ouvrir au hasard les *Éphémérides* que Pierre Limagne rédigeait pendant la guerre, pour ne rencontrer que des avalanches hallucinantes de chiffres sur la production, la mort et la destruction. La dépense et l'énergie sont hors mesure. Dès que je coupe quelques branches de charme dans mon labyrinthe ou que j'en tonds les murailles de buis, aussitôt je dois en charrier des brouettes et des brouettes pour en faire des tas énormes. Toujours trop. Les livres sont trop gros, trop nombreux, les tableaux trop grands, trop nombreux, trop de vin, trop de lait, trop d'oisillons, trop de pollen, trop de terres, c'est comme les adjectifs dans la langue. Que faire ? comme disait Lénine, perplexe.

Tout était : la guerre totale... et c'est un paradoxe immense, incroyable que cette histoire de bourse, car deux ouvriers jeunes et vigoureux allaient être ainsi retirés à l'industrie de guerre, alors que les forces civiles : femmes, adolescents, vieillards, y étaient précipitées. Ces bourses nous ont été accordées uniquement parce que nous étions les seuls à les avoir demandées. Et ce projet dément prend corps. Je reçois une liste d'universités afin de choisir celle qui me conviendrait, celle dont j'aurais envie. Sur cette liste figure un nom, Greifenwald. Avant même de regarder une carte, je décide de postuler Greifenwald : la forêt des griffons. Petite ville sur la mer Baltique, en Poméranie, au sud de l'île de Rugen. Mais, en fait, cette université est fermée. Donc en avant pour Heidelberg et le front de l'Ouest. Heidelberg qui ne sera jamais bombardée, puisque, après avoir été pillée et démolie par Louis XIV, elle allait devenir le siège du GQG US, mais je ne le savais pas encore... Greifswald, et non Greifenwald, griffon pour l'héraldique mais condor pour l'ornithologie, en zone soviétique, puis en RDA...

Dans les premiers jours de novembre 1944, je quitte l'usine de la Glaswolle Schuller, avec encore une fois mon gros sac à dos. Il y avait un petit bureau à l'entrée de l'usine et sur la porte une pancarte : *An-und Abmeldung*, pour désigner l'endroit où annoncer son arrivée, mais aussi son départ. Que de fois, en passant devant, je me disais : quand m'abmèlderai-je ? C'est fait. Nous aimions ainsi mélanger les langues. Avec Alain nous appelions à la MAN une des pièces principales du tour le chou-fleur, de l'allemand *Schufflehre.* Mais en rentrant en France pendant longtemps j'ai dit *Komponist* pour compositeur et *Cello* pour violoncelle. Je vais à la gare de Coburg et je ne me rappelle plus où j'ai changé de train, probablement à Nuremberg, sûrement même. Sur le quai dans la foule, je croise un Français, où vas-tu ? A Heidelberg. T'es fou, c'est le front. Au sens strict, c'était très exagéré. Les trains en gare sont surchargés de gens qui affluent de l'Ouest. Mon train est bondé de troupes qui se rendent au front de l'Ouest. C'est là aussi que je vais, à Heidelberg, au confluent du Neckar et du Rhin, sous les roulements des tirs lointains ou proches, selon, de l'artillerie, face au ruissellement du phosphore liquide sur Mannheim et Ludwigshafen.

8

Je suis étudiant à l'université de Heidelberg. J'avais désiré être affecté (encore le langage d'ouvrier d'usine, comme à l'usine MAN où j'étais affecté au WU des Tiger) à des cours de chimie : j'avais désiré suivre des cours de chimie. Mais là encore une fois, pas plus je n'étais fait pour être tourneur à Nuremberg, pas plus pour être fileur de laine de verre à Coburg, pas plus je n'étais fait pour être étudiant en chimie à Heidelberg et je découvrirai bientôt que je n'étais pas plus fait pour être ingénieur agronome. Je ne parlais pas suffisamment bien allemand et je ne comprenais strictement rien à cette chimie sophistiquée. Les quelques étudiants massés au premier rang de l'amphithéâtre, une dizaine, étaient tous des blessés de guerre graves et j'étais le seul à posséder quatre membres, deux pieds et deux mains. Je me tenais isolé, solitaire en haut, pour ne pas avoir à leur parler et pour que mon corps et mon ignorance ne me désignent comme scandaleusement aberrant.

J'ai donc décidé très vite de faire cesser cette dérision et de ne plus aller assister à ces cours de chimie. J'ai décidé de ne plus rien être à Heidelberg. Mon unique activité jusqu'en avril 1945, pendant ce long dernier hiver de guerre, a consisté strictement à fréquenter la fabuleuse Bibliothèque française de l'université, surtout constituée par la bibliothèque personnelle d'Ernst Curtius Robert, dont souvent les livres français contemporains lui étaient élogieusement, chaleureusement dédicacés. Ainsi tout d'un coup, de novembre 1944 à avril 1945, j'ai lu tout ce que je n'avais jamais encore lu : les surréalistes, Mallarmé... tout ce que je n'avais pas lu ni encore vu sur la peinture : le *Journal* de Delacroix, le *Degas* de Valéry, l'art crétois... seul Gide de tous les auteurs que je demandais était interdit de communication : *les Caves du Vatican*. Il fallait pour le lire rester à la Bibliothèque centrale et, quand je sortais pisser, le Gide était enfermé dans une armoire en fer, sous clé, d'où à mon retour du *Pissort* le gardien l'extrayait pour me le rendre. Mais *l'Enchanteur pourrissant* d'Apollinaire, avec les bois de Derain, en originale, était libre... *L'Enchanteur pourrissant*, en décembre 1944... Soudainement, pendant cet hiver, ma fausse vocation d'ingénieur agronome, ma fausse vocation d'officier des Eaux-et-Forêts allait s'engloutir heure après heure, jour après jour, dans la lecture d'une bibliothèque.

Tout cela était extrêmement troublant, cette solitude, ces livres, dans cet univers complètement mortifère, complètement écroulé, où tout s'écroulait, où l'Allemagne s'écroulait, où l'Europe s'écroulait au milieu des millions de cadavres et des ruines, masquant ce qu'on allait découvrir et qui allait ébranler notre conscience et notre civilisation à tout jamais : les camps d'extermination révélés en 1945 au moment même où les troupes américaines et russes ouvrent les mortels camps de concentration en Allemagne et les camps d'extermination en Pologne. Ces derniers mois où la guerre a atteint des dimensions dans l'atrocité inimaginables, inconcevables, où les meurtres d'extermination dans les camps d'extermination devenaient paroxystiques, dans le temps où les villes allemandes s'embrasaient et s'écroulaient sur leurs habitants, où les fronts connaissaient, depuis l'horreur de Stalingrad, des batailles d'une cruauté insensée, toute cette folie meurtrière dont jamais dans l'histoire de l'homme de tels sommets dans l'ignominie et la barbarie n'avaient été atteints, dans cet univers complètement crispé dans le crime et l'assassinat... C'est dans ce temps-là que je ne faisais strictement rien d'autre que lire dans une solitude totale, sans aucun contrôle, sans aucune surveillance.

Dans ce temps-là, lire les *Manifestes du Surréalisme*, Arthur Rimbaud, Mallarmé dont j'ai toujours ici, avec moi, le livre estampillé du cachet de l'université de Heidelberg, est tellement fou que j'ai toujours, jusqu'à aujourd'hui, tu complètement cette péripétie, car j'ai toujours pensé, jusqu'à cet instant, que jamais personne ne pourrait comprendre ni croire une pareille extravagance et d'ailleurs moi-même je n'y croyais pas, quand après cet univers de travail d'usine dans des conditions qu'aucun ouvrier actuel ne connaît, ces équipes de 3 × 12, le travail ininterrompu, la chaleur de 50°, la poussière et les aiguilles de verre dans la sueur, poussé par des contremaîtres qui exerçaient simplement leur benoîte activité de contremaître, c'est-à-dire travaillez, ne restez pas assis sur une caisse, travaillez, tout d'un coup je me trouvais assis sur une chaise dans une bibliothèque d'université, alors que tout croulait partout dans l'horreur absolue, alors que personne ne me surveillait, ne me contraignait, ne m'obligeait, ne me regardait, puisque cette bibliothèque où je travaillais (encore le langage d'usine), où je lisais, était absolument déserte.

Il n'y avait personne, sinon un vieux professeur allemand qui lisait des livres, et lui échappait comme un leitmotiv le mot prononcé Iréné; ma solitude et ma lecture étaient interrompues par un prénom féminin qui, chuchoté, expirait : Iréné. Je n'ai jamais su qui était cette Irène, dont le nom ponctuait la méditation de ce vieux professeur allemand. Je ne lui ai jamais parlé. Je n'ai jamais eu de lui que ce nom, mais c'était la seule chose vivante qui existât dans cette librairie, dans cette bibliothèque, à part les livres, à part moi et à part ma lecture forcenée.

9

Cet endroit désert où je m'étais installé, en novembre 1944, après l'«échec» de mes études de chimie était l'Institut de philologie des langues anciennes, qui se trouvait dans le plus vieux bâtiment de l'université sur la rive même du Neckar. Là était aussi la *Mensa*, le restaurant universitaire dont, en avril 1945, après l'arrivée des Américains, je réquisitionnerai les cuisines et les cuisinières qui, incrédules, reconnaîtront en ce type flanqué de soldats français en armes l'étudiant qu'elles avaient nourri tout un hiver ; j'aurai auprès du maire réquisitionné des stocks d'aliments divers et du papier hygiénique pour quelques milliers de Français ; ma toute première réquisition sera à l'abattoir celle des têtes de bœuf qui y traînaient encore sur le sol : ce sera une excellente soudure faite de bouillon gras ; par la suite, j'améliorerai.

Je n'avais rien à y faire, dans cet Institut de langues anciennes, mais j'y transportais par piles les livres que j'empruntais à l'Institut de langues romanes, qui me plaisait moins, ou à la Bibliothèque centrale, trop peuplée à mon goût.

Je me demande ce que je faisais, quand je ne lisais pas dans cet endroit grec désert. Je n'ai d'autres souvenirs que d'amour. Trois. Je ne m'en rappelle ni la chronologie ni l'éventuelle superposition. Hilde Hilgenberg, que j'ai aimée. Elle était étudiante. J'ai pu la faire venir à Paris, après la guerre, quand j'étais déjà peintre. Puis allant à New York, elle périt noyée, en 1949, dans les marécages de Shannon où son avion avait capoté. « X », je ne sais plus son nom, que j'avais rencontrée dans un tramway et allais chercher à son office, et là, debout et humide contre son bureau, elle se laissait caresser presque sans fin. Elle m'emmène un soir chez son amie, dont le mari est officier de marine et en mer, elle est au lit, mais dans la chambre un autre officier de marine, en uniforme noir, la dague au côté, ami du mari. Il est furieux de mon intrusion. Je lui parle avec véhémence, longtemps, en allemand. Je ne reçois pas de coup de couteau. « Y » enfin qui n'est plus pour moi que, dans un grand lit de plume et de duvet, le petit corps d'une Estonienne ou d'une Lituanienne, seules l'étrangeté et la rareté de sa nationalité manifestant encore sa présence dans ma vie. Cette capacité de véhémence dans le discours à travers un flot de paroles en allemand, comme j'en eus avec cet officier de marine jaloux, me sauva deux autres fois, aux prises avec un contremaître à Nuremberg et un ingénieur à Coburg, qui m'accusaient de sabotage, l'un pour avoir mal affûté un outil de tourneur, l'autre pour avoir mal réglé les chalumeaux de ma machine à laine de verre. J'ai alors été chaque fois très heureusement surpris par l'effet d'endiguement de la colère, de l'accusation et de la menace qu'a une parole vive, ininterrompue dans une langue que l'autre, surpris et désarçonné, ne s'attend pas du tout à entendre ainsi pratiquée, avec violence.

Mais je n'ai aucun souvenir ni du Neckar ni de la ville de Heidelberg et quand aujourd'hui je regarde le *Michelin* ou le *Guide Bleu*, ni les plans ni la désignation des monuments ou même des restaurants n'évoquent pour moi quelque image que ce soit. Si bien que je m'aperçois que je n'ai vraiment aucune curiosité touristique et que je ne suis intéressé que de mener jour après jour la routine de la vie quotidienne. Quand Denis ou Ollier ou Henric arrivent au Pradié et m'énumèrent l'un les grottes et les jardins de la Dordogne, l'autre les fantaisies de la nature marocaine et des Marocains, le troisième les merveilles du Bosphore et ses poissons, je reste de glace et plutôt sur la défensive, comme si j'étais saint Antoine et que des créatures féminines ou des figures bestiales cherchent à me distraire de ma vie au Pradié et de mes innombrables aller et retour parfaitement monotones entre la maison et l'atelier sur cent mètres.

J'avais trouvé là, à Heidelberg, une préfiguration tout à fait exacte de ce qu'allait être ma vie d'artiste. Cette volupté insensée m'avait été révélée, adolescent, un jour où j'étais parti dans la maison de mon père à La Villeneuve, dans la forêt de Rambouillet, et où j'étais resté seul quelques jours: la lecture des *Cahiers de Malte Laurids Brigge* avait été le prétexte de cette révélation de la volupté de la solitude.

Mais ce qui m'étonne tant aujourd'hui est l'invraisemblable liberté de circuler dont j'ai joui dans cette ville de Heidelberg l'hiver 1944-1945. Dès le début de mes cours de chimie, le Professor avait exigé de moi un entretien, d'où il ressortait que dans six mois, donc en mai 1945, j'aurais à subir un examen, ce qui n'avait pas peu contribué à me faire fuir cette chimie. Mais que personne ne se soit plus jamais ni occupé ni soucié de moi me sidère et en même temps est particulièrement réjouissant: les pires mécaniques policières sont susceptibles de détraquement, de dysfonctionnement, à moins que leur propre excès de perfection ne leur laisse ni voir ni analyser les situations qu'elles n'avaient pas initialement prévues et codifiées, ce que je trouve très réconfortant.

Le jour de la mort de Anne, le samedi 16 mai 1953, la Police avait perquisitionné aussitôt notre atelier, 7 rue de la Grande-Chaumière, avait saisi la lettre qu'elle me laissait, son arme et, après avoir arpenté à quatre pattes le parquet, la douille qu'elle avait fini par retrouver non sans mal, mais elle était passée sans la voir à côté de la corbeille à papiers dans le fond de laquelle, en évidence, les morceaux d'un brouillon de lettre déchiré l'auraient mise sur la piste de ce qu'elle aurait pu croire être la vérité de la raison du suicide de Anne. Mais elle, la Police, avait eu le temps de reconstruire pendant sa perquisition ce qui correspondait exactement à son désir à elle, à ses schémas de routine et du coup elle est passée à côté d'une autre vérité, comme si d'ailleurs celui qui se suicide avait une raison de se tuer qui serait la vérité de sa mort aux yeux des survivants, ceux qui croient par exemple que Drieu La Rochelle s'est tué pour échapper à la condamnation que ne manquerait pas de lui valoir sa Collaboration, à travers la NRF, pendant l'Occupation.

J'ai commis moi-même autour de la mort

de Anne une très bizarre erreur qui a duré plus de vingt-cinq années. Ce samedi matin vers 11 heures je rentrais du Gaz, j'y étais ingénieur dans un laboratoire, et, passant en voiture à Saint-Germain-des-Prés, comme Anne avait été étrangement étrange la veille, voyant les fleurs du fleuriste de la place, j'avais eu le désir de lui en acheter et, dans l'instant même de cette décision, j'avais préféré ne pas le faire, dominé soudain par l'urgence absolue de rentrer à la maison, où en arrivant je la trouvai le crâne fracassé un instant avant. J'ai pensé alors que, si je m'étais arrêté chez le fleuriste, je serais arrivé plus tôt, avant même peut-être ou peut-être même pendant, mon bouquet à la main. Or c'est seulement vingt-cinq ans plus tard que songeant très précisément à cet instant, au temps que m'aurais pris cet achat chez le fleuriste, c'est seulement alors que je me rendis compte que, si je m'étais arrêté, je serais arrivé à la maison encore plus trop tard. J'ai vécu l'évidence inverse sans la mettre en doute pendant vingt-cinq années de ma vie. Je me suis aperçu de cette erreur en écrivant un texte sur la mort de Anne pour un ami, Frédéric Bergounioux, qui voulait publier dans sa revue des écrits sur le suicide. J'avais écrit ce texte au Pradié et j'étais rentré à Paris comme d'habitude par le train, le Capitole. J'y relisais ce texte et soudain je ne supporte plus d'en vivre le déroulement. Je le déchire en très petits morceaux, mais je ne peux les jeter par la fenêtre, car le Capitole n'a pas de fenêtres ouvrantes, et je ne réussis à les éparpiller sur les voies qu'en les faisant passer par le trou des WC.

Je parlais de saint Antoine, il est par excellence mon Homme illustre, dans le sens de Plutarque : l'exemple et le rêve ; réussir à réduire le monde extérieur à n'être seulement qu'une Tentation. Avoir ainsi réussi à réduire la Guerre...

Tous ces mois d'hiver 1944-1945, qui se sont achevés avec l'entrée, au petit printemps, le 31 mars 1945, de la IXe US Army du général Patton, ou Pastch, à Heidelberg, j'espérais échapper aux bombes et jamais ailleurs que dans cette bibliothèque en ce temps de paroxysme meurtrier je ne connus à lire des livres une si forte volupté. Dans d'autres circonstances, j'avais couru après la jouissance, commettant des actes qui auraient pu être courageux, mais qui, ne répondant à aucune provocation du devoir, du sacrifice, de la vertu, ne l'ont pas été parce que leur accomplissement ne relevait que de mon plaisir et de l'assouvissement de mon désir, de sa frénésie.

De Coburg, fileur de laine de verre, j'avais décidé, à la fin de novembre 1943, d'aller voir une femme qui habitait le village de Fischbach près du camp de la MAN et que j'avais connue à la gare peu avant de partir de Nuremberg. Ce voyage était rigoureusement interdit, les ouvriers étrangers ne devant pas dépasser un rayon de trente kilomètres à partir de leur usine, sous peine d'être immédiatement envoyés en camp de concentration. Nuremberg était à cent vingt kilomètres de Coburg. Tout s'était passé sans encombre dans le train. J'étais assez élégamment vêtu, en particulier d'un imperméable raglan clair comme les Allemands aiment en porter. Je parlais mal mais bien assez pour, en me limitant au minimum courant, passer inaperçu. Je lisais le *Völkischer Beobachter* pendant le voyage et c'était un masque suffisant et probablement efficace. Je dus quitter ma maîtresse vers trois heures du matin, son amant allemand habituel devant alors arriver. J'avais prévenu Robbe-Grillet et, comme il travaillait ce samedi de nuit, je pouvais, si besoin, aller coucher dans sa couchette à la baraque, que je connaissais parfaitement pour y avoir vécu pendant trois mois. En traversant les bois de pins qui séparaient le village de ma maîtresse du camp de mon camarade, j'échappe à une patrouille de gendarmes en me jetant dans un fossé : ils n'avaient pas de chien. Je me couche dans le châlit d'Alain. Son énorme tas de couvertures me cache, quand à l'aube les policiers de l'atelier WU des chars investissent la baraque et fouillent les châlits, ils ne me voient pas et leurs mains ne rencontrent pas mon corps, tant il y a de couvertures. L'extrême frilosité et le confort douillet de Robbe-Grillet me sauvent du pire : l'arrestation et l'envoi en camp de concentration. Je rentre sans problème à Coburg perdu dans la foule des rues, de la gare, du train. Plus tard, cette jeune femme vint me voir à Coburg, un dimanche où je n'étais pas d'équipe de jour. Elle me demande de porter son sac. Nous marchons à travers la ville. Il est formidablement lourd. Je transporte son gros revolver, avec lequel elle s'achèvera le jour où elle sera captive des ruines d'une maison bombardée.

A Heidelberg, les Américains tardent à traverser la vallée du Rhin. Je passe ces derniers jours de mars 1945, ensoleillés, à surveiller du haut de la montagne la vallée et les abords de la ville. Le ciel est bleu limpide. J'entends un bombardement aérien au nord : énorme. Je vois des ondes immenses, concentriques, depuis la ville bombée, progresser dans le bleu du ciel comme les ondes de l'eau pure où tombe une pierre. Et tombent des éclats d'obus de DCA, en virevoltant légèrement. Le couvert des arbres suffit à m'en protéger. Peut-être dans leur force vive, avant de descendre lentement, ont-ils contribué à abattre une superforteresse, un Viermot, comme disent avec des voix d'hôtesses de l'air ces jeunes filles qui, à la radio, dans des flashes spéciaux préviennent les populations de la route des escadrilles fortes de plusieurs centaines d'avions et donc du temps qu'il leur reste à vivre avant les bombes, et peut-être quatre ou cinq aviateurs de dix-sept à dix-neuf ans viennent-ils d'être tués comme ceux abattus sur la forêt de Rambouillet et qui sont ensevelis dans le cimetière de La Celle-les-Bordes.

Les Américains arriveront du nord par la Bergstrasse, cette antique voie romaine, dit le *Guide Bleu*, ombragée d'arbres fruitiers et bordée de vignobles, peut-être aussi de l'ouest par Ludwigshafen et Mannheim. Ces deux villes torpillées et phosphorisées, rasées, étaient reliées à Heidelberg par un train sur le bord de la route, plutôt un tramway, très long, entièrement, vitres et parois, peint en gris, si lugubre, tellement sinistre que jamais je ne le pris et pour aller où : dans ces villes de cadavres enfouis dans leur odeur, mi-calcinés sous les ruines de leurs maisons.

Le 31 mars au matin, du village de Rohrbach où j'habite, j'entends très tôt des coups de feu près de la gare. Je pars immédiatement pour Heidelberg à pied, par des chemins que j'ai souvent parcourus. En traversant les bois de la forêt de l'Odenwald j'arriverai au château de Heidelberg, dans le fond de la vieille ville. Parvenu sur le plateau, je vois débouler une biche suivie de deux lièvres. Plus tard, quand je vois le Uccello de Londres, j'observe une biche poursuivant des chiens et cette image renversée du monde de la paix me renvoie aussitôt à la chasse qui allait avoir lieu, dans un instant, ce matin de mars 1945, très tôt. Je vérifie la scène dans mon *Uccello* de Phaidon Press, planches 55 et 56. Il s'agit de la *Bataille de San Romano*, de l'épisode qui se trouve aux Offices de Florence et non de celui de Londres. Au premier plan, un combat terrible de lanciers en armure à cheval. A l'arrière-plan, dans les collines, un lièvre poursuit un lévrier, plus loin un autre lièvre dans une direction perpendiculaire fuit. Des lansquenets, des archers gravissent la colline. L'un d'eux arme son arbalète. Peut-être va-t-il tirer un des lièvres. Singulière répétition et moi ici et là. Aussitôt surgissent deux soldats allemands en petite tenue de ville, calot, etc. mais fusil à la main. Où est la biche ? Par là. Ils courent tous les deux, avec les fusils. Boum boum. Je cours.

Ils ont tué la biche. Je les aide à lier la biche par les pattes à un des fusils et ils la chargent chacun sur une épaule canon et crosse, la biche ainsi suspendue. Où sont les Américains ? Par là. Où allez-vous ? J'y vais. Emmenez-nous avec vous. Non, partez de l'autre côté, vers l'est. Ils partent avec leur biche.

Je continue vers les Américains. Je poursuis ma marche sur le sentier. Le *Guide Michelin* de 1974 dit que ce chemin s'appelle le Gaisberger Weg et ce massif de l'Odenwald le Gaisberg. De l'autre côté du Neckar, exactement en face de l'université de Heidelberg, un autre sentier : le Philosophenweg... très célèbre... les Allemands devraient le débaptiser en Chemin des Philosophes tant les Français y pérégrinent. Je descends en pente rapide maintenant. Le sentier est très étroit, encaissé entre deux talus raides, élevés : comme une tranchée et pas de place pour deux. J'avance dans mon imper raglan blanc. Avance en sens inverse, montant, un détachement allemand : une vingtaine de soldats de guerre, épuisés, harnachés de guerre des pieds à la tête, puissamment armés de mitraillettes et d'armes antichar, des *Panzerfaust*. Je ne m'arrête pas. Face à face. Ils s'arrêtent, s'appuient dos au talus, se reposent, me regardent, mais me regardent-ils ? Ai-je vu leurs yeux ? Je passe. Je passe devant chacun d'eux, un à un... C'est fini.

J'arrive à Heidelberg. Les Américains sont là, hommes de toile et de caoutchouc. Mains en l'air, papiers. Toujours la même et fameuse question, question et ordre tout à la fois : *Ausweis*. Tout va bien. J'ai traversé les lignes, cette opération magique qui était pour moi le mystère des mystères à la guerre. Je suis de l'autre côté et la guerre va finir. Je vais juste avoir le temps, aujourd'hui, tout juste le temps de rencontrer mon second cadavre de la guerre, l'homme en bleu de travail étalé ventre et face à terre sur un trottoir.

Le soir, je reste en ville, plus passionné par ce qui se passe ou peut s'y passer que par ma chambre habituelle, dans la maison de ma vieille logeuse du village de Rohrbach à deux ou trois kilomètres de Heidelberg. J'y reviendrai seulement la veille de mon retour en France et je lui demanderai de rendre de ma part à la bibliothèque de l'université les livres empruntés, dont *l'Enchanteur pourrissant*, le Delacroix et le Stendhal complet du Divan, n'emportant dans ma poche que l'essentiel d'alors : le Mallarmé.

Le couvre-feu m'oblige à me réfugier, pour y passer la nuit, dans l'immense abri antiaérien des caves d'un grand hôtel, près de la gare. Dans plusieurs salles basses de plafond, sombres, communiquant largement entre elles, protégées par de puissants piliers de béton, il y a là déjà des centaines d'hommes et de femmes. Ils sont couchés, allongés à terre et presque tous boivent, dans un extraordinaire échange de bouteilles. Je n'ai aucun souvenir du bruit que cette masse humaine faisait. Je circule parmi eux, les enjambant parfois déjà enlacés. Je rencontre, circulant ainsi, lui aussi, un homme jeune et pâle, en tweed et gabardine claire. Je suis polonais, je travaillais aux Studios de la UFA. Ah ! Et vous ? Je suis français, j'étais étudiant ici à Heidelberg. Ah ! Bon ! J'ose à peine, à son sujet, évoquer ici, encore une fois Uccello et sa *Bataille de San Romano*, celle de Londres cette fois, tant cette présence répétée pourrait à tort sembler arbitraire, fallacieuse. Pourtant, seul le profil diaphane du jeune cavalier, nu-tête, il tient son heaume de la main droite dans cette bataille furieuse de cavaliers au masque d'acier et de chevaux piétinant des cadavres et des armes brisées, me montre aujourd'hui ce Polonais. Uccello, peintre de guerre, pour dire l'improbable de la guerre. Mais alors, et Goya ? Et ses *Désastres* ? Il dit, lui, le sexe de la guerre.

Une colossale bacchanale s'installe. L'électricité s'éteindra, puis les lampes à acétylène. L'obscurité est totale. Les chiottes-Abort à l'entrée des caves débordent, se répandent. Je remonte et passe le reste de la nuit assis sur les marches du perron de l'hôtel, devenu garnison américaine. Les soldats US, chaussés de leurs Rangers de gomme, traversent le barrage de merde liquide et descendent, avec des torches électriques à la main, à la cave en extirper des femmes, les transportant dans leurs bras en un incessant va-et-vient. Je m'en vais à l'aube du 1er avril 1945 et je pille en gare pour mon petit déjeuner un train postal militaire allemand, beaucoup de paquets de nourriture avec des lettres d'amour. Je suis interrompu par une menaçante patrouille de la Military Police.

J'avais poursuivi sans cesse le désir d'aller plus vite, d'avoir plus de plaisir. Inconscient et inutile. Aujourd'hui, quand j'y pense, j'en suis à nouveau et encore excité : la pression de la Guerre était si énorme, si monstrueusement contraignante et vivre ainsi, comme si de rien n'était... mû uniquement par moi-même... sous pression. Je retrouve ici au Pradié dans ces dernières années de ma vie de peintre, cette vie faite de mes aller et retour sans fin de la maison à mon atelier à travers le labyrinthe du jardin, cette pression de l'urgence non pas devant une menace de mort mais tout bonnement devant la mort.

Nous allons revenir en France. Les officiers français de renseignement et de liaison auprès des Américains chargent quelques Français d'administrer un camp, encore un, installé dans une caserne, quatre mille Français en instance de rapatriement. Je suis chargé, comme Agro, je pense, de les nourrir. Chaque soir, une sorte de conseil d'administration nous réunit avec des WAC américaines et des officiers français. Deux camions et quatre soldats français en armes sont à mon service, je veux dire : sous mes ordres... J'ai nourri cette population dix jours. Visite du commissaire de la République française : voulez-vous administrer d'autres camps de rapatriement ? Oui oui. Cela ne se fera pas. Il y a tant de camions de l'US Army qui repartent à l'Ouest que l'Allemagne se vide à toute vitesse, avec ces camions conduits à tombeau ouvert par des Noirs à travers des villes pestilentielles.

Ensuite, à Paris, je deviendrai peintre.

Table

Chapitre 2

Chapitre 3

Chapitre 6

Chapitre 7

Chapitre 8

Chapitre 9

L'Institut des langues anciennes sur la rive du Neckar — La *Mensa* et ses cuisinières — Ma vie amoureuse à Heidelberg — L'officier de marine jaloux — Au Pradié Denis, Ollier, Henric me tentent — La routine et la volupté de la solitude — Les failles de la police, 1° en Allemagne en 1944, 2° à Paris en mai 1953 et mon erreur alors — La Tentation et la Guerre — Jouissance, 1° je vais à Nuremberg voir une femme, les couvertures de Robbe-Grillet me sauvent du pire ; 2° je guette à Heidelberg l'arrivée des Américains ; le 31 mars 1945 : les bois de l'Odenwald, la chasse, Uccello ; je traverse les lignes ; les Américains à Heidelberg ; je vois mon second cadavre de 39-45 ; bacchanale dans un abri anti-aérien, le jeune et pâle Polonais ; Uccello : l'improbable de la guerre ; Goya : le sexe de la guerre; obscurité sur la bacchanale — Je pille un train, la Military Police — Aller plus vite,

Achevé d'imprimer le 20 février 1990
dans les ateliers de Normandie Impression S.A.61000 Alençon

N° d'édition : 12029
N° d'impression : 900141
Dépôt légal : février 1990
Imprimé en France